KB119948

오늘은
나를 위한
날이야

오늘은
나를 위한
날이야

초판 1쇄 인쇄 2021년 5월 4일 **초판 1쇄 발행** 2021년 5월 20일

지은이 꼬닐리오
펴낸이 이승현

편집1 본부장 배민수
에세이2 팀장 정낙정
디자인 김준영

펴낸곳 ㈜위즈덤하우스 **출판등록** 2000년 5월 23일 제13-1071호
주소 경기도 고양시 일산동구 정발산로 43-20 센트럴프라자 6층
전화 031)936-4000 **팩스** 031)903-3893 **홈페이지** www.wisdomhouse.co.kr

ISBN 979-11-91583-15-1 03810

* 이 책의 전부 또는 일부 내용을 재사용하려면 반드시 사전에 저작권자와
  ㈜위즈덤하우스의 동의를 받아야 합니다.
* 인쇄·제작 및 유통상의 파본 도서는 구입하신 서점에서 바꿔드립니다.
* 책값은 뒤표지에 있습니다.

가장 소중한 존재인 나를 되찾는 시간

오늘은 나를 위한 날이야

글·그림
꼬닐리오

위즈덤하우스

#1 지금의 내가 좋아

#2 오늘은 어제보다 행복할 거야

#3 내 마음대로 한번 가볼래

prologue

매일의 즐거움은

나를 위한 시간으로부터

시작되는 게 아닐까요?

지금의
내가
좋아

야식 탐구

오늘도
멋진 하루를 마친 나에게

저 녁 이 주 는
선 물

흐린 날에는 산책을

기분이 흐린 날에는
산책 한번 나갈래요.

손 잡고 걷다보면
마음속에
반짝거리는 햇살이
찾아오니까요.

오늘의 이야기

조용한 오후에 만나는

이야기들은

창 너머 햇살만큼

부드럽고

따뜻해

가벼워지는 날

빗소리에 기대어

살짝 울어버린

어제.

눈물이 지나간 자리에는

언제나 다시

무지개가 찾아오곤 해.

오늘처럼 말이야.

21

Coniglio.E

어둠도 지나가고

가끔 찾아오는
이 무거운 어둠을

같이 걸어주는
당신 덕분에
씩씩하게 걸어가요.

우리집에 놀러와

마음에
차가운 바람이 불어온다면
잠시만 쉬었다 가요.

언 제 라 도
환 영 이 에 요.

마음의 길

새로운 길을 걷는 것은

쉽지 않아요.

갈 수 있는 길일까

걱정이 되기도 해요.

그래도

걸을 수 있을 때 걸어봐요.

지름길이 아니어도

쉬 엄 쉬 엄   걸 어

도

괜 찮

아

요 .

고마운 생각

마음이

따스해지고 싶을 때

생각나는 사람들은 말이야.

언제라도 말을 건네면

활짝 핀 꽃처럼

웃음으로 대답하곤 해.

자꾸 생각나요

집으로 돌아오는 길,

사랑하는 사람이

좋아하는 걸 봤을 때는

그냥 지나칠 수 없어요.

즐거운 시간

최고의 집중력을

발휘하게 되는 행복한 순간.

모두 다 고르고 싶은데 어쩌지!

배고플 때 가면

위험할 수도 있어!

어깨를 펴고

잊지 말아요.
언제나 잘 해왔잖아요.

포기하지 않은 당신이

최
고
예
요.

소중해

서로의 온기에 기대어

고요함을 덮은 채

보내는 시간도

우리에게는
소중해.

넓은 세상으로

우리,

밀려오는 파도가 무섭다고

푸르게 빛나는 바다의 아름다움을

잊지는 말자.

두 배의 기쁨

우리가

함께할 수 있다면

모든 기쁨도

두 배가 될 거예요.

슬프지 않은 이별

계절을 떠나 보내는

마음에는

　　　　다시 만날

　　기다림이 남아 있어

　　　　　　언제나

　　　　따뜻한가 봐요.

좋아하니까요

좋아하는 걸

먹을 때에도

꼭

같이 먹고 싶어요.

당신을
더
많이많이
좋아하니까요.

그리고 싶은 날

내 마음의 색을
그리고 싶은 날도
있어요.

gocdol.io.com/coniglio

너를 위한 우산

비 맞았다고
어깨까지
축 처지면 안 돼.

괜찮아,
내가 우산 씌워 줄게.

집에 가는 길에
맛있는 거 먹고 갈까?

잠 안 오는 밤에는

생각에
날개를 달아봐도
좋아요.

구름 내리는 날

구름도
잠시 쉬어가고 싶은
그런 오후에는

느 리 게
시간을 마주하는 것도
괜찮아요.

나만의 저녁

내가 좋아하는 것들로

가득한 시간이

제 일

특별한

순 간 이 야.

같이

아름다운 것들을

볼 때마다

당신이 생각난다는 것은

언제라도

당신과 함께하고 싶은

내 마음이

너무나도

커져버렸기 때문이에요.

마음의 반창고

생채기 난 마음에는

언제나

위로의 반창고를

붙여주는 거야.

따뜻한 토닥임으로

마음에 금방

새살이 돋을 수 있도록 말이야.

꿈꿀 시간

내일의 기대를 안고
밤하늘을 이불 삼아
잠이 들 시간.

무거운 걱정들은
마음의 서랍 속
제일 깊이.

안 열어도 될 것 같은
밑에서 두 번째 칸에.

뒷마당 모험

뜨거운 햇살이 튕기는
망망대해를 건너는
커다란 배.

'배에 물이 차고 있다!
배가 기웁니다요, 선장님!'

'아냐아냐,
시원하니까
괜찮아!'

gofolio.com/coniglio

눈을 뜨고 꾸는 꿈

안 될 거라고,

늦었다고

포기하지 말아요.

매일을

꿈 꾸 며   살 아 간 다 면

할 수 있어요.

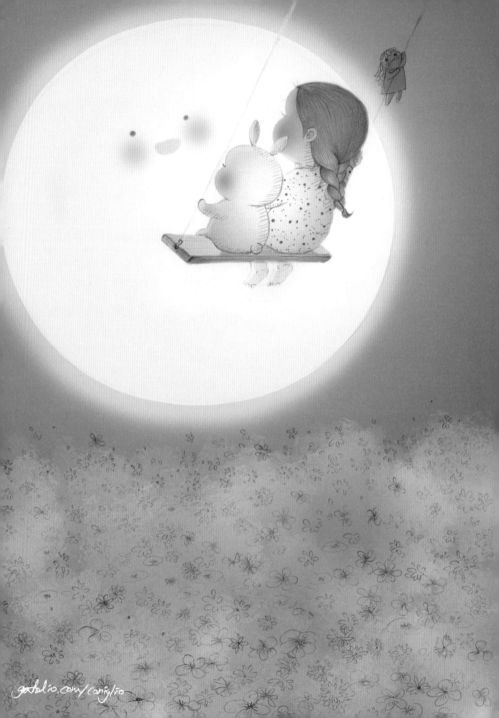

달님이 들어줄 소원

오늘은
더 큰 모습이니까
내 소원도
더 잘 들어줄 것 같은 달님!

지금까지 그랬듯
열심히 할게요.
잘 부탁해요.

안아주고 싶어요

한번 다정하게

꼭 안아주세요.

깨지고 조각났던

마음이

잘 아물 수 있도록……

기쁨은

매일매일

슬쩍 찾아오기도 해요.

눈을 감고

기다리기만 한다면

놓쳐 버릴지도 몰라요.

오늘

나의 작은 기쁨은

 어디서 찾을 수 있을까요?

당신만 보여요

당신을
좋아하기로
했으니까

당신만
보이나 봐요.

나를 위해서

좋아하는 음악은 크게.
맛있는 과자도 한가득.

나에게만 집중하는 시간도
필요해요.

만남의 계절

삶에서

소중한 존재들을

만나게 되는 순간은

마치 봄과 같아서

따뜻한 햇살들이

마음에

가득 차는 기분이지.

#2

오늘은
어제보다
행복할 거야

마음에도 햇살을

추운 그림자에

가려져 있던 마음에도

따뜻한 햇살을 비춰주는 거야.

마음이 스르르 녹아서

말랑말랑해질 때까지 말이지.

godolio.com/coniglio

함께 걷는 길

멀리
가는 길도
괜찮아 .
같 이 걸 을 수 만 있 다 면 .

마음에 잦아드는 바람이
걸음을 느리게 해도
이 손을
놓지 말자.

다정한 생각

다정함은

봄 꽃 과 도 같 아 서

마주하는 순간에는

활짝 웃고야 말지.

하고 싶었던 말

햇살 가득한 날이

있으면

비 오는 날도

있는 거예요.

모두 괜찮아요

나와 다르면

어때요.

그래도

같이 즐거울 수 있는

순간들은

많아요.

파도가 지나가면

마음에

거친 파도가

    스 치 고 지 나 간 자 리 에 는

희망의 성을

다시 쌓으면 돼요.

이런 기억들
- - - - - - - - - - - -

즐거울 수 있는

　　밤의 기억들은

언제나
환영이야.

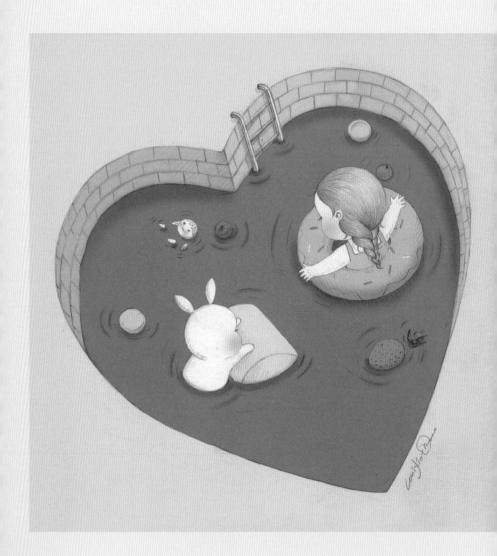

언제나 여기에

사랑스러운 너는
언제나
내 마음속에
있단다.

애정을 담아

매일 마주하는 것에도
애정과 기쁨을 담는다면,

어느새
나에게 찾아오는
매 일 의 행 복 이
될 수 있어요.

기다림의 시간

괜찮아, 친구야.

기억이
    떠나간 자리에는

또 다른 기억이
    찾아오게 되어 있단다.

너를 위해

미소가 예쁜

네 얼굴을 볼 수 있다면

언제라도

달려갈 수 있을 거야.

gotolio.com/coniglio

또 안아주세요

눈 덮인 마음을
녹여줄 수 있는 위로는
말로 하지 않아도
알잖아요, 우리.

그냥

한 번 더

꼭

안아주세요.

좋아하는 것만

가끔은

좋아하는 것만

마음에 더 들어올 때가

있는걸요.

그럴 땐

좋아하는 것에

집중해도 괜찮아요.

gatalio.com/coniglio

지금이에요

시간이

다 지나가면

후회할지도 몰라요.

지금이에요.

놓치고 싶지 않다고,

함께 하고 싶다고

말할 거예요.

마음이 읽히는 밤

마음이 차가워질 때

손끝으로 전해지는

종이의 다정함.

책장을 넘기며 느끼는

고마운 위로는

언제나

따뜻해.

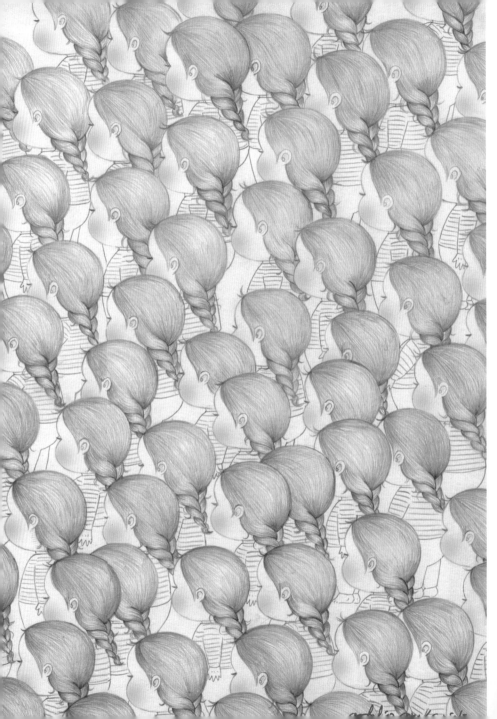

이 대 로 괜 찮 아

바꾸지 않으려 해.
버리지도 않을 거야.

마음속 가득한
또 다른 나.

이대로도 괜찮은걸.

가득가득

당신을 위한
사랑이
♥
이렇게나 가득.

오늘은 너의 날

오늘은
그 어느 때보다 더
행 복 하 길   바 라 .

오늘은 너의 날이야.

나의 시계

계절들이

서로를 스쳐 지나가며

인사하는 이 순간에도

나의 시계는 느리지만

씩 씩 하 게 가 고 있 어 .

매일의 활력

마음이 지치지 않도록

더 씩씩하게 운동을 하는 것도

정말

좋은 일이지.

마음이 닿는 곳

마음이 닿는 곳으로

어 디 로 든
떠나는 것도 좋아요.

낮잠은 언제라도 좋아

몸도

마음도

지쳐버릴 때는

잠깐 눈을 붙여요.

Coniglioo

행복하기로 해

오늘은
열심히 살았으니

내일도
힘차게
살 수 있는 거야.

오후의 햇살

햇살이 다정하고

따사로운 날,

산책은 필수예요!

잘하고 있어

또 어디로

얼만큼

달려야 할지 모르지만

괜찮아.

잘하고 있어.

지금까지

달려온 것처럼.

이 맛이 필요해

가끔

그런 날 있잖아요.

기분이 뽀족뽀족해지는 날.

달콤함이 필요한
순간인지도 몰라요.

비 오는 일요일

창밖의
빗소리는
자 장 가 처 럼 .

이런 저녁도 좋지.

토끼 안는 법

간지럼 잘 타는

토끼를

살 짝

들어올린다.

토 실 토 실

궁둥이를 받치며

꼭 껴안기.

사랑을
가득 담은
뽀 뽀 도

잊지 말 것!

추운 밤

눈바람에
맞서야 하는 날도
있겠지.

겁먹지 말고
한 걸음
한 걸음
내딛는 거야.

추억이 머무는 곳

기억 속의

　　작은 즐거움은

오늘을 위한

　　행복의 씨앗이 되지.

따뜻한 생각

마음 한편에

작지만 따뜻한 자리를

마련해 두세요.

언젠가 그 자리에

소중한 사람이

들어올 수 있으니까요.

어떤 기다림

흐린 날에도

하늘을 바라볼 수 있는 건

언 젠 가

다 시 비 칠

햇 살 때 문 이 야.

3

내 마음대로
한번
가 볼래

나에게 주는 위로

어제의

긴 밤이 지나갔기에

오늘의

눈 부 신 햇 살 을 마 주 하 는

아침이 오는 거야.

완벽한 밤

하루 중

가장 즐거운 순간은

어 쩌 면

바 로

지 금 일 지 도   몰 라.

오늘만

조금 더 먹어도 괜찮을까?

오늘은
스트레스 많이 받았으니까
괜찮다구.

gotolio.com/coniglio

사랑해요, 더 많이

어제보다

더

많 이

사 랑 해 요.

정 말 로.

마음의 온도

언제나
내 슬픔을 녹여줄
사랑이 가득한 너의 마음.

네 마음의 온도는
언제나 따뜻하고
또 따뜻하지 .

기쁨은 매일매일

작은 기쁨은

기다리지 않아도

매 일 매 일

찾아와요.

어디로 갈까

내 마음을
다독여줄 수 있는 곳이라면

언제라도,
어디라도.

coniglio ... 2.811.20

데 리 러 갈 게

비 많이 온다고
걱정하지 말아요.

데리러 갈게요.

우리의 저녁

마주보는 따뜻함은

우리의 저녁을

더 깊고
다정하게.

날아올라서

마법 같은 순간들은
너와 함께 있을 때
찾아오나 봐.

같이 먹자

배고픈 마음을

달래줄 시간을

함께할 수 있다면

더 행복하고 배부를 거야.

포근한 오후

사랑하는 사람과

함께하는 시간은

작지만

따뜻한 순간들로

가득 차기 마련이지.

마음에 날개를

생각에
날개를
달 수 있다면

보고 싶은
네가 있는 곳으로
언제든
보낼 수 있을 텐데…….

HUGS ARE THE BEST

언제라도 안아줄게

마음이 자꾸만 작아지고

또 작아질 때는

우리가
꼬옥
안아줄게.

조 금 은 속 상 해

속상한 마음을

감추지 말아요, 우리.

내 마 음 을 토 닥 토 닥 해 줄

사람이 있다면,

살짝

보여줘도

괜찮아요.

오 늘 저 녁

오늘 하루도

멋지게 마무리한

스 스 로 에 게 주 는 선 물.

마음이 배불러지려면

우리

조금 더 먹어야 할지도 몰라.

너의 곁에

네가 전하는

온기 덕분에

우리의 마음은

언제나 봄날이지.

계절의 인사

빨리 나가자.
계절이 스치는 순간의 아름다움을
그냥 보낼 수는 없어.

햇살과 나뭇잎들에게
인사를 해야지.

모두들 잘 자요

긴 하루의 마무리는

언제나 다정한 인사말로,

사랑을 가득 담아서.

잘 자요,

오늘 하루도

수고했어요.

느리게

우리의 시간이

느리게 간다고 해도

나 는
좋 아 .

고마운 그리고 사랑하는

쑥스러워서

말 못 했지만

오늘은 꼭 말할 거예요.

항상 고맙다고

그리고

사랑한다고.

다시 집으로

포근함이
기다리는 곳,

집으로

갈

시간이에요.

작은 즐거움

소소한 즐거움을

매일 가질 수 있다는 것은

그 즐거움을 나눌 당신과

매일 함께할 수 있다는 말.

마음의 수평선

마음에

수평선이 넓게 펼쳐진 사람은

작 은 물 결 이 일 렁 여 도

금방 다시

잔잔함을 되찾곤 하지.

coniglio.mono

잠깐은 괜찮아

마음을
채우는 일보다

비우는 일이 더 어렵고
힘들 때가 있지.

나는 나를 사랑해

이 세상에 나는

'나'밖에 없는 존재인 거예요.

지금 이대로

나를

사랑해주기로 해요.

gdatalio.com/con

오 늘 밤 도 즐 겁 게

한밤중 생각나는
작지만 신나는 즐거움은
이런 것.

봉지는   무겁게
         가볍게.
발걸음은

하루가 지나갈 때

아침부터 저녁까지
시계가 바쁘게 움직이더라도

잠깐의 아름다움을
기억할 수 있다면

그날 하루도
행복했던 거예요.

그냥 이렇게

너무 복잡하고

힘든 순간이 오기도 해.

그럴 땐

그냥 이렇게

너의 곁에서 온종일 있고 싶은걸.

내일은

행복했으면

좋겠는데……

오늘보다

조금만

더.

꼭 안아줘

너를
꼭 안아주고 싶은 마음은
항상 넘치는 듯해.

그냥 안아주고
또
안아주고 싶어지지.

마음이 배부를 때

새침한 찬바람 몰래

먹고 가자.

재 잘 재 잘

이 야 기 도

맛 있 을 거 야 .

epilogue

오늘의 행복한 기분은

내일을 기다리게 하는

설렘의 씨앗이에요.

꼬닐리오와

함께하는

힐링컬러링

Coniglio's
Letter

참새가 방앗간 들르듯,

도무지 그냥 지나칠 수 없었던 구멍가게를 기억하시나요?

피융피융 소리 나는 오락기와 오동통 귀여운 돼지 저금통까지⋯⋯

작지만 다정함이 가득했던 추억의 자리예요.

Coniglio's
Letter

책장을 넘기다 보면, 가끔은 그림에 대한 생각들이

끊임없이 떠오르곤 해요. 새롭게 마주하는 책 속의 세상으로

언제라도 여행할 준비가 되어 있어요.

다양한 색감으로 소녀가 만나는 꿈들을 색칠해 볼까요?

Be Positive, My love

Coniglio's
Letter

자꾸만 등장하는 커다란 병아리 혹은 새 친구……

오동통한 친구들을 많이 그릴수록 기분이 좋아져요.

작지만 소중한 친구인 양배추 인형 추추의 볼도 잊지 말아요, 우리.

Be Positive, My love

Coniglio's
Letter

애정이 가득한 연필 선들이 모이다 보면,

작지만 귀여운 사물들이 가득한 그림이 완성되곤 해요.

소녀와 토끼가 좋아하는 것들로 가득 찬 부엌을

꼼꼼히 색칠해 보세요.

Coniglio's
Letter

가끔씩은 볼살 통통 친구들에게 장난을 치고 싶을 때가 있어요.

"얘들아, 너희들 아직도 양말 정리 안 했구나……!"

알록달록한 양말들 속에서도 돋보이는 볼살에

사랑을 가득 담아 색칠해 주세요.

6

소 중 한 너 에 게

Coniglio's
Letter

작고 소중한 소녀가 눈치채지 못하도록
부드럽게 잎사귀와 꽃잎을 색칠해 보세요.

오늘은
나를 위한
날이야

오늘은
나를 위한
날이야